AF336305

Ye

2442

LE COVRS DE LA REYNE:

OV,

LE GRAND PROMENOIR DES PARISIENS.

A PARIS,

Chez **DENYS LANGLOIS**, au mont S. Hilaire,
à l'Enseigne du Pelican.

Et en sa Boutique au bout du Pont-neuf, vers l'Eschole.

M. DC. XLIX.

LE COVRS
DE LA REYNE:
OV,
LE GRAND PROMENOIR
DES PARISIENS.

C'EST trop demeurer en repos,
Ie trouuerois bien à propos,
Ma rauiſſante Calliope,
Beauté plus aimable qu'Europe,
De nous promener vn petit,
Afin d'auoir plus d'appetit.
Puiſque la chaleur eſt paſſée,
Paſſons à quelque autre penſée,
Laiſſons la plume & le cornet,
Les Liures & le Cabinet.
Ah que i'en ay la teſte groſſe !
Cocher les Cheuaux au Carroſſe :
Hola, quelqu'vn; où ſont mes Gens,
Que ces Coquins ſont negligens,

Ils femblent quand on les appelle
Le Barbet de Iean de Niuelle.
Laquais, maraud, ça mon manteau,
Verfe promptement de cette eau,
Pour rafraichir mes mains qui boüillent
Du grand papier qu'elles barboüillent.
ça mes gands, voy fur ce Bufet,
Hé bien Caliope, as-tu fait?
Les femmes font toufiours les mêmes,
Elles ont des longueurs extrêmes,
Si ce n'eft en vn certain point:
ça ie m'en vay, ne vien tu point?
N'as-tu pas tout ton train fantafque,
Ton mouchoir, ta coëffe, & ton mafque.
O Dieux, que tu fais de façon !
Veux-tu plaire à quelque garçon,
Mal-gré ta caduque vieilleffe?
C'eft affez d'eftre ma Maiftreffe,
Ne fonge qu'à mon intereft:
Mais partons, le Carroffe eft preft,
Laiffons à part ces Railleries.
Cocher tout droict aux Tuilleries,
Allons voir cét illuftre Cours,
Où fe fait vn fi grand Concours
De toutes fortes de perfonnes,
Laides, belles, mauuaifes, bonnes,
Femmes, filles, hommes & tout,
Allons de l'vn à l'autre bout
Voir la drolle plaifanterie
D'vne telle galanterie.
　　Ah qu'il fait frais ! ah qu'il fait clair!
Ah qu'il fera bon prendre l'air,
Qu'en dis-tu, chere Caliope,
Toy que fans ceffe ie galope;

Ma diuine Muſe aux beaux yeux,
Aga, ma fy, ie t'aime mieux
Auec ton viſage à l'antique
Que la beauté plus autentique,
Qui paroiſſe en toute la Cour;
Pour toy ie brûle nuit & iour,
Et pour iouyr de tes merueilles,
Tu me fais bien ſouffrir des veilles.
Mais n'importe, ie ſuis content
D'en ſouffrir encor tout autant,
Pourueu que tu ſois ſatisfaite
De mon affection parfaite,
Et que i'aye en toy du ſecours.
Mais nous voicy tantoſt au Cours:
Ah que de gens! ah que de beſtes!
Ah que de pieds! ah que de teſtes!
Se peut-il voir rien de pareil
De l'vn iuſqu'à l'autre Soleil.
Toy qui ſçais tout, ou par ſcience,
Ou par ta longue experience,
Pour auoir oüy dire ou veu.
Eſt-il vn pays ſi pourueu
De tant & de ſi belles choſes?
Toy qui ſçais les Metamorphoſes,
Et toutes les Antiquitez
Des Prouinces & des Citez,
La vieille hiſtoire & la moderne,
Qui vois plus clair qu'vne lanterne,
Sans lunette auec tes ſeuls yeux,
Encore qu'ils ſoient chaſſieux)
Iuſqu'au commencement du monde,
Ce que la Nature feconde
A fait de plus rare & plus beau,
Et ce qu'elle fait de nouueau,

Toy qui fais aller tes visées
Iusques dans les Champs Elisées;
Ces Champs que tu vois deuant toy
Ne leur feroient-ils pas la Loy?
Est-il rien dans la Thessalie,
Dans la Grece, ou dans l'Italie,
De comparable à cét aspect,
Pour qui le Ciel a du respect?
Regarde ces vastes Campagnes,
Regarde ces belles Montagnes,
Ton Parnasse & ton Helicon,
(Sans que ie parle en vray Gascon,
C'est à dire, auec Hiperbole)
N'ont rien qu'vne beauté friuole
Au prix de toutes ces beautez,
Par qui les yeux sont enchantez.
Vois-tu cette charmante Seine?
Elle vaut bien ton Hippocrene,
Et tous tes Canaux pisseuers.
Vois-tu ces arbres tousiours verds,
Ces incomparables allées,
Si longues & si bien reglées;
Et si sombres que le Soleil
N'y void goutte auec son gros œilt
Mais prenons la bonne portiere,
Pour voi la troupe toute entiere,
Et pour auoir tout le plaisir
De contenter nostre desir.
Remarque bien cette merueille,
Qui n'a point ailleurs sa pareille,
Vois-tu le long de ce grand Cours
Vne Ville qui va tousiours?
Vois-tu ces Maisons vagabondes
Qui roulent ainsi que des ondes,

Et qui font vn nouueau Paris,
Qui n'a point d'égal, ny de prix?
Vois-tu dans ce plaisir extrême
Comment Paris sort de luy-même,
Et comment il y r'entre aprés
Par vn flux & reflus exprés?
Regarde ces ieunes folatres
Qui font si bien les Idolatres,
Les mourants & les transportez
Pour ces innocentes beautez;
Qui les laissent ainsi morfondre,
Sans auoir le mot pour répondre,
Et ne les contentent, sinon,
D'vn, Ouy, Monsieur, ou bien d'vn, Non.
Vois-tu cette autre plus matoise,
Qui fait la simple & la courtoise,
Et qui se moque dans son cœur
De ce fou qui fait le mocqueur?
Vois-tu cette émerillonnée
A la face vermillonnée;
Et vois-tu ces Enfarinez,
Comment diable ils leuent le nez,
Pour considerer ce visage,
A qui le masque est sans vsage?
Vois-tu cette fausse beauté
Se tourner de chaque costé,
Et ioüer mieux de la prunelle
Qu'vn Soldat qui fait sentinelle,
Afin de surprendre en passant
Quelque malheureux innocent,
Et l'obliger par vne enqueste
De sçauoir le prix de la beste?
Regarde vn peu ces autres là
Qui font chanter leur Quinola;

C'eſt bien elles-meſmes qui chantent,
Ne crois-tu pas qu'elles enchantent
L'oreille de ce vieil Caton
Auec vn ſot Qu'en dira-t'on:
Mais conſidere ie te prie
L'agreable galanterie
De ce vilain galand nouueau,
Vois-tu comment il fait le veau
Tout eſtendu dans ſon Carroſſe,
Ainſi qu'vn mort dans vne foſſe?
C'eſt ſans doute quelque eſprit fort
Qui réve aux Caprices du ſort,
Ou qui medite dans ſon ame
Sur les rigueurs de quelque Dame
Qui l'a regardé de trauers.
Peut-eſtre qu'il forge des vers
Pour en former vne Satyre,
Ou pour exprimer ſon martyre?
Vois-tu ces autres Rodomons
Qui feroient trembler les Demons?
Ne diroit-on pas à leur mine
Qu'ils vont mettre tout en rüine?
Auec ces plumes au chapeau,
Auec ces cordons d'oripeau,
Auec ces terribles mouſtaches,
Qui les prédroit pour des cœurs lâches?
Mais voicy des Enfarinez
Qui ſemblent plus effeminez,
Ie craindrois bien peu les épées
De gens faits comme des Poupées,
Et Mars n'a iamais fait grand cas
De ces Mignons ſi delicats:
Mais voy cette vieille edentée,
N'eſt-elle pas bien aiuſtée

Pour

Pour duper vn ieune Eſtourneau,
Et l'attirer dans le paneau?
N'eſt-il pas iuſte qu'on en rie,
Baiſſe ta coëffe, ie t'en prie
Ma Caliope, oblige moy,
De peur qu'on rie auſſi de toy,
Sur ton exceſſiue vieilleſſe;
Voicy venir vne Princeſſe,
Ma chere Muſe, la voila,
Baiſſe la teſte, honore la;
C'eſt ainſi noſtre mode en France
De faire grande Reuerence
Auec toute Ciuilité
Aux perſonnes de Qualité,
Et le droict veut qu'on s'accommode
Par tout aux Regles de la Mode:
Il faut pour n'eſtre pas repris
Viure à Paris, comme à Paris,
Et dans Rome, comme dans Rome,
Diſoit mon Pere le bon homme.
    Et toy, que dis-tu de ce Cours?
Il y faut venir tous les-iours
Pour voir ſouuent tant de beau monde,
Confeſſe que Paris abonde
En toute ſorte de beautez,
De plaiſirs & de raretez.
Vois-tu tant de Dames ſans nombre,
A qui le iour ne ſert que d'ombre,
Et de qui l'éclat ſans pareil
Fait fuïr de honte le Soleil?
Crois-tu que la fameuſe Helene,
Qui mit toute la Grece en peine,
Quand le beau Paris la vola,
Fut belle comme celle-là?

Ie te dis que ſa mere Lede,
Fut & de nom & de fait laide,
Au prix de ce viſage doux
Que tu vois paſſer deuant nous.
Regarde cett' autre femelle,
Penſes-tu que iadis Semelle,
Qui plût ſi fort à Iupiter,
Eut cette grace, ny cét air?
En vis-tu iamais de ta vie
Vne faite comme Syluie?
La voila rire auec Philis,
Voy leur teint de Roſe & de Lys,
Leur façon & leur mignardiſe.
Penſes-tu que la Reyne Eliſe,
Qu'on appelle autrement Didon,
Valut cette groſſe Dondon?
Remarque bien ces mains d'albatre;
Ie ne croy pas que Cleopatre
Dont Antoine fut tant charmé,
Eut le teint ſi bien animé,
Comme noſtre belle Amarante.
Ie puis incaguer Athalante
Quand ie voy le mignard ſouris
De cette adorable Cloris,
La voila plus fraiche que glace,
Vertu-chou qu'elle a bonne grace,
Que ſes yeux ſont vifs & perçans,
Il me ſemble que ie les ſens
Lancer des rayons pleins de flame
Qui penetrent le corps & l'ame.
Te ſouuient-il pas de Daphné,
Dont Phebus ſouffrant en damné,
Souffroit tous les plaiſirs ſans honte?
I'aimerois mieux l'œil de Madonte

Que l'autre auec tout son corps,
Considere le beau dehors:
Son dedans encore plus aimable,
La fait nommer incomparable ;
Et son esprit est si charmant,
Qu'vn seul mot luy fait vn Amant:
Mais puisque le iour se retire,
Quelque plaisir qui nous attire,
Il nous faut songer au retour,
Faisons encore vn petit tour;
Puis sans autre ceremonie,
Nous quitterons la Compagnie.
Remarque vn peu ces éventez
D'vn zele d'amour emportez,
Ce sont des courtaux de boutique
Qui mettent Phebus en pratique,
Et tournent la Prose à l'enuers
Pour tascher d'en faire des Vers,
Sans garder ordre ny mesure,
Sans sçauoir Rime ny Cesure,
Et pour contrefaire nostre Art
Escorchent le pauure Ronsard.
Cest vne chose bien commune,
Que chacun auec sa chacune,
Auiourd'huy vueille se mesler
De nostre façon de parler,
Et parsemer les amourettes
De toutes nos belles fleurettes.
Vrayment c'est vn trop grand abus
De profaner ainsi Phebus:
Quel monstre de voir vn sot Ase
Monter en croupe sur Pegase,
Et voltiger dessus son dos
Pour faire rire des Badaux !

I'en connois d'autres à la Ville,
Qui par vne gloire inciuile
Afin de paſſer pour ſçauans,
Ne parlent point qu'en vieux Pedans;
Et dans vn diſcours d'amour meſme,
Par vne impertinence extrême
Affectent de certains grands mots,
Pour eſtonner des Eſprits ſots,
Et mettent *l'Encyclopedie*
Parmy la *Tragicomedie*;
Puis pour ſauter de l'Aſne au Coeq
Mettants leurs Chapeaux en S. Roch,
Ils trouuent exquis vne phraſe,
D'y mettre l'antiperiſtaſe;
Croy qu'vne fille en l'écoutant
Doit auoir l'eſprit bien content,
D'oüir alors entr'autre choſe
Apogée ou *Metempſycoſe.*
Ce ſont des mots bien pleins d'amour,
Qui l'a font brûler comme vn four.
Il faut bien à la fin par force
Qu'elle ſe prenne à cette amorce,
De meſme qu'vn pauure poiſſon
Se prend au ver d'vn hameçon:
Qui pourroit faire reſiſtance
A des mots de telle importance:
Qui n'aimeroit pas l'entretien
D'vn Galand qui parle ſi bien,
Et qui paroît ſi fort habile?
Mais pourquoy m'échauffer la bile
Aprés vn ſi maigre ſujet,
Changeons de diſcours & d'obiet:
Caliope as-tu veu la grace
De cette Mignonne qui paſſe,

C'eſt

C'eſt icy pour des goûts diuers
Le Theatre de l'Vniuers,
Où chacun fait ſon perſonnage,
Pour varier le badinage.
L'vn y mord les doigts de ſes gans,
L'vn tourne & retourne ſes glans,
L'vn y fait diuerſes poſtures,
L'autre y mange des confitures;
L'vn prend vn maintien glorieux,
L'autre vn viſage ſerieux;
L'vn s'y met ſur ſa bonne mine,
L'autre y parle, l'autre y rumine;
L'vn y rit & monſtre ſes dents
Sur quelques legers incidens;
L'vn y tire vn grand pié de langue
Contre vn jeune fou qui harangue;
L'autre luy rend vn pié de nez
Sans qu'ils en ſoient plus mutinez;
Car entre amis la raillerie
Doit paſſer pour galanterie.
Icy ſans jamais ſe picquer
Il eſt permis de ſe mocquer;
Icy l'vn à l'autre fait piece,
Souuent l'oncle raille ſa niepce;
Vn autre rit de ſon voiſin,
Et la Couſine du Couſin;
Icy ſe debite vn bon conte
Le Marquis ſe mocque du Comte;
On eſtalle des nouueautez,
On examine les Beautez;
L'vne eſt trop groſſe de viſage,
L'vne eſt folle, l'autre trop ſage,
L'vne a l'œil extremement doux,
Mais ſes cheueux ſont vn peu roux;

B

L'vne a la taille vn peu voûtée,
L'autre n'eſt pas bien ajuſtée;
L'vne n'a pas l'œil bien fendu,
Et l'autre a le front mal tendu;
L'vne a trop grande vn peu la bouche,
Et l'autre a l'humeur trop farouche;
L'vne a le nez trop grand & gros
D'vn Empereur, ou d'vn Heros,
L'vne regarde auecque gloire,
Et l'autre ſemble auoir la foire;
L'vne a le teint bleſme & terny,
L'autre a le ſein bien mal garny ;
L'vne eſt maigre, l'autre eſt trop graſſe,
L'autre manque de bonne grace;
L'vne eſt auec ſon peu d'eſprit
Vne Sotte qui toûjours rit;
L'vne n'eſt rien qu'vne Coquete,
Qui nuit & iour cauſe & caquete;
L'autre qui ne ſçait point parler
Se laiſſe du moins cajoler;
Et l'autre n'eſt qu'vne ſalope:
Ainſi, ma pauure Caliope,
Dans ces particuliers deuis
Chacun dit ſon petit aduis:
Ainſi l'on deſchire les Dames
Mais elles, ſoit filles ou femmes,
Sçauent bien de mille façons
Deſchirer auſſi les garçons,
Quand elles ſont hors d'apparence,
Qu'on puiſſe ouïr leur conference.
Mais nous voicy bien prés du bout,
Haſtons-nous de regarder tout;
Auſſi ne prenons nous pas garde
Que de par tout on nous regarde,

Et dans les yeux & dans le front,
Faiſons comme les autres font,
Car dedans ces lieux où nous ſommes,
Toutes les femmes & les hommes
Voudroient deuenir des Argus
Auec cent yeux tous bien aigus,
Et tous perçants comm' vne aleſne,
Pour voir tout iuſqu'au cœur ſans peine.
Mais pour moy ie voy deſia bien
Que mes yeux ne ſeruent de rien,
Que dans ce temps obſcur & ſombre
Vn Corps ne paroît que ſon Ombre,
Et que par tout ce Promenoir
Toute couleur deuient du noir,
Tu peux tirer la conſequence
Qu'il faut partir en diligence,
L'heure le veut, & la raiſon,
Touche, Cocher, à la maiſon.
  Hé bien, Burleſque & chere Muſe,
Que ie careſſe & qui m'amuſe,
N'as-tu pas bien eu du plaiſir
Pendant deux heures de loiſir
Que nous auons à la friſcade
Fait la gaillarde Promenade?
Se peut-il voir dans l'Vniuers
Tant de beaux obiets ſi diuers?
Haſtons-nous d'aller à la ſoupe,
Et vuider mainte grande coupe
Pour nous deſ-alterer vn peu,
Car ie ſens mon corps tout en feu,
Ie veux te traiter en Poëte,
Et boire auec toy ſans gourmette.
Aprés quand nous aurons ſoupé,
Au moins ſi ie ne ſuis trompé,

Il faudra que ie te regale
Au frais dans la Place Royale,
De vingt-&-quatre Violons,
Tous François, mais vrays Apollons,
Qui te feront dire sans peine
Que leur adresse est plus qu'humaine;
Que la France est vn beau séjour,
Qu'il n'est rien comme nostre Cour;
Et que Paris où tout abonde,
Vaut plus luy seul que tout le Monde.

FIN